VENTE DES LUNDI 9 et MARDI 10 NOVEMBRE 1885

HOTEL DROUOT, SAL...

BELLES TAPISSERIES

à Sujets Téniers et de la Renaissance

OBJETS D'AMEUBLEMENT

BRONZES, MARBRES, TERRES CUITES

CURIOSITÉS, OBJETS DE VITRINE

Beau Tableau de Weenix

Mᵉ Robert LE SUEUR
COMMISSAIRE-PRISEUR
29, rue Le Peletier, 29.

M. A. BLOCHE
EXPERT
23, rue Chauchat, 23.

EXPOSITION PUBLIQUE

Le Dimanche 8 Novembre 1885.

HOMO ADDITVS NATVRÆ
IMPRIMERIE DE L'ART

CATALOGUE

DE

TRÈS BELLES TAPISSERIES

A SUJETS D'APRÈS TÉNIERS

Série de 4 panneaux de la Renaissance

OBJETS D'AMEUBLEMENT

Beau Salon et Tentures Louis XVI
Sièges de fantaisie — Meubles sculptés et incrustés
Bijoux — Curiosités — Porcelaines — Faïences
Bronzes — Marbres — Terres cuites

BEAU TABLEAU DE WEENIX

Tableaux anciens et modernes

DONT LA VENTE AURA LIEU

HOTEL DROUOT, SALLE N° 1

Les Lundi 9 et Mardi 10 Novembre 1885

A 2 HEURES 1/4

Me Robert LE SUEUR	**M. A. BLOCHE**
COMMISSAIRE-PRISEUR	EXPERT
29, rue Le Peletier.	23, rue Chauchat, 23.

EXPOSITION PUBLIQUE : Le Dimanche 8 Novembre 1885

DE 1 HEURE 1/2 A 5 HEURES

CONDITIONS DE LA VENTE

Elle sera faite au comptant.

Les acquéreurs payeront en sus des enchères *cinq pour cent*, applicables aux frais.

L'exposition mettant le public à même de se rendre compte de l'état des objets, il ne sera admis aucune réclamation une fois l'adjudication prononcée.

Paris. — Imp. de l'Art. E. Ménard et J. Augry
41, rue de la Victoire, 41

DÉSIGNATION DES OBJETS

TAPISSERIES

1-2 — Deux très belles tapisseries représentant des sujets champêtres, d'après Téniers, dans de pittoresques paysages boisés arrosés par des rivières, avec bordures à feuilles d'acanthe, enroulements et chaînettes simulant un encadrement.

La première offre au premier plan, à gauche, un groupe de paysan causant avec une paysanne qui se repose s'appuyant sur une cruche. A droite, une marchande de poissons joue avec un petit chien. Sur une route, des marchands de bestiaux, de fruits, et des ménagères vont et viennent, conduisant des troupeaux de porcs et portant des volailles. Plus loin, à l'ombre de grands arbres, des bergers se reposent en surveillant leurs troupeaux. En perspective, on voit un village animé de très petits personnages, et à l'horizon, une chaîne de montagnes.

Haut., 3 m. 20 cent.; larg., 4 m. 55 cent.

La deuxième offre au premier plan un couple de jeune paysan et paysanne dansant au son du chalumeau. Tout autour d'autres personnages qui les regardent. Une fermière s'arrête devant une fontaine et, à l'entrée d'un parc qui s'étend à droite, un berger est assis causant avec une fille de ferme qui s'éloigne. Au fond, des bouviers et d'autres figures animent ce riant paysage couronné par des collines.

Haut., 3 m. 10 cent.; larg., 5 m. 20 cent.

Ces tapisseries sont aussi intéressantes par leur conservation que par leurs qualités.

3-6 — Série de quatre belles tapisseries de la Renaissance, représentant des scènes guerrières, allégories de l'histoire ancienne. Compositions intéressantes à nombreux petits personnages avec vues de villes fortes en perspective.

Les bordures larges offrent des allégories de la Musique, de la Vérité, de la Sagesse, du Goût, de l'Abondance, des scènes galantes avec personnages en costumes François Ier.

Entre ces différents sujets se dessinent des vases de fleurs avec des groupe raphaélesques.

1re : haut., 3 m. 30 cent.; larg., 3 m. 80 cent.
2e : haut., 3 m. 40 cent.; larg., 4 m. 60 cent.
3e : haut., 3 m. 40 cent.; larg., 2 m. 30 cent.
4e : haut., 3 m. 40 cent.; larg., 2 m. 80 cent.

6 *bis*. — Tapisserie représentant des scènes allégoriques à la chasse et à la danse, avec sa bordure.

Haut., 2 m. 60 cent.; larg., 4 m. 75 cent.

OBJETS D'AMEUBLEMENT ET DE CURIOSITÉ

7 — Beau meuble de salon, style Louis XVI, en bois sculpté et doré, recouvert en lampas rouge, comprenant un canapé, une marquise, une bergère, quatre fauteuils et quatre chaises.

8 — Garniture de deux fenêtres, avec galeries bois sculpté et doré, quatre rideaux, draperies et embrasses.

9 — Quatre chaises volantes, style Louis XVI, bois sculpté et doré, recouvertes en étoffe de l'époque.

10 — Petit divan Louis XV, à accotoirs en bois sculpté et doré, recouvert en lampas.

11 — Fauteuil style Louis XV, en bois sculpté et doré, recouvert en lampas.

12 — Console Louis XVI, bois sculpté et doré, dessus marbre blanc.

13 — Table de salon style Louis XVI, bois sculpté et doré, dessus marbre blanc.

14 — Gaine en peluche, avec draperie.

15 — Chaise crémaillère, en bois sculpté et doré, recouverte en lampas.

16 — Deux chaises basses, capitonnées en satin noir, avec bandes de tapisseries.

17 — Deux girandoles en bronze. Style Louis XV.

18 — Groupe en bronze : Amours musiciens.

19 — Statuette en bronze : Amour violoncelliste.

20 — Meuble de salon capitonné, recouvert en satin de laine bleu de ciel.

21 — Bronze de Barbedienne : *le Baiser du Faune.*

22 — Bronze de Barbedienne : Femme couchée,

23 — Bronze : Femme couchée. Signé : J. Pradier. (De la maison Susse.)

24 — Carrier-Belleuse. Statuette en terre cuite : *Diane.*

25 — Carrier-Belleuse. Buste en terre cuite : *Rose.*

26 — Joli meuble d'appui en acajou, orné de draperies et de chutes en bronze, s'ouvrant à un battant, avec panneau en vernis Martin, représentant une scène Watteau. Style Louis XVI. Dessus en marbre griotte.

27 — Très belle pendule avec socle en écaille laquée vert, richement ornée de bronzes dorés, rocailles et enroulements. Style Louis XV.

28 — Paire de beaux bras d'appliques à deux lumières, en bronze doré. Époque Louis XVI.

29 — Joli secrétaire en bois de rose, orné de bronze, dessus en marbre griotte. Époque Louis XVI.

30 — Belle crédence en noyer sculpté à colonnettes détachées, s'ouvrant à deux portes décorées de sujets d'après Téniers, exécutée d'après Ducerceau.

31 — Beau coffre de mariage de forme bombée, en écaille de l'Inde. Époque Louis XIII.

32 — Armoire bretonne en bois sculpté. Époque Louis XIII.

33 — Jolie petite crédence en bois sculpté. Style Renaissance.

34 — Console en marqueterie de bois, à fleurs.
Époque Louis XV.

35 — Joli petit meuble s'ouvrant à un battant,
avec figures en bas-relief. xvi⁰ siècle.

36 — Petit cartel en bronze. Époque Louis XV.

37 — Petit meuble-cabinet en bois d'ébène et
marqueterie d'ivoire, avec applications d'é-
caille de l'Inde. Époque Louis XIII.

38 — Petit cabinet tout en incrustations de bur-
gau, avec monture en cuivre doré et gravé.
Époque Louis XIV.

39 — Deux glaces avec cadres en bois doré.
Louis XV.

40 — Beau paravent à trois feuilles en satin
bleu, richement brodé, monture en bois,
rehaussé de blanc. Style Louis XVI.

41 — Deux glaces avec cadres en bois doré.
Louis XVI.

42 — Deux panneaux en bois sculpté, à sujets allégoriques.

43 — Deux petits tableaux en broderie, sujets tirés du Nouveau Testament. Époque Louis XIII.

44 — Petit cabinet orné d'incrustations d'ivoire, décor à arabesques. Style Louis XIII.

45 — Christ ancien, en bronze.

46 — Suspension en faïence de Marseille, décor à fleurs.

47 — Belle lanterne en fer forgé. Style Louis XIII.

48 — Divers coussins en broderie et soierie ancienne.

49 — Coffret à dos bombé, en bois, garniture en fer.

5o — Grand fauteuil en satin gris brodé.

51 — Petite chaise couverte en tapisserie.

52 — Grand vase en porcelaine de Chine.

53 — Quatre fixés ronds, sujets mythologiques et champêtres.

54 — Plaque rectangulaire en émail de Limoges. XVIe siècle.

55 — Gravure sportique encadrée.

56 — Éventail encadré, peinture représentant le Marché, charmante composition de l'École moderne.

57 — Jeu d'échecs en ivoire sculpté.

58 — Cinq portières de mosquée.

59 — Six petites miniatures, représentant des allégories du Nouveau Testament ; cadres en argent doré. XVIIe siècle.

60 à 70 — Divers plats et assiettes en anciennes faïences françaises. (Sera divisé.)

71 à 80 — Divers plats en vieux Chine et vieux Japon, décors variés. (Sera divisé.)

81 — Douze couteaux à lames d'argent et manches d'ivoire.

82 — Douze couteaux à manches d'argent.

83 — Six petits couteaux à manches d'argent.

84 — Douze couteaux dorés.

85 — Six cuillers en argent russe.

86 — Tire-bouchon en argent.

87 — Canne de parapluie en argent.

88 — Béquille en argent.

89 — Chaîne en or.

90 — Chaîne en or Louis XVI.

91 — Chapelet monté en argent.

92 — Bague en or formant flacon.

93 — Trois cuillers en argent.

94 — Clé en argent.

95 — Croix en or.

96 — Croix en argent et stras.

97 — Paire de pendants d'oreilles Louis XIII.

98 — Paire de pendants d'oreilles en argent et stras. Louis XV.

99 — Encrier en bronze.

100 — Paire de boucles en argent.

101 — Paire de petites boucles en stras.

102 — Bague avec miniature.

103 — Bague, modèle *sorcière*, en argent.

104 — Seau en argent.

105 — Cœur en émail.

106 — Trousse en laque du Japon.

107 — Éventail ancien.

108 — Éventail japonais.

109 — Éventail garni de plumes.

110 — Nécessaire en or.

111 — Deux coupes en écaille laquée.

112 — Boîte en marqueterie.

113 — Lot de ruolz.

114 — Dix-huit pièces en argenture.

115 — Cœur ancien en cuivre.

116 — Petit service de trois pièces en argent.

117 — Divers objets d'étagères chinois.

118 — Deux petites figurines forme flacon.

119 — Tasse et soucoupe de Sèvres.

120 — Petit pot de Sèvres.

121 — Cinq petites bouteilles de Chine.

122 — Plateau de Sèvres, décor bleu.

123 — Écritoire de Sèvres, décor bleu.

124 — Deux pots à crème du Japon.

125 — Petit vase du Japon.

126 — Chimère ancienne.

127 — Tasse de Sèvres, décor polychrome.

128 — Rouet ancien.

129 — Tasse et soucoupe de Saxe.

130 — Sucrier de Saxe avec couvercle.

131 — Tasse et soucoupe, décor bleu.

132 — Statuette de Chinoise.

133 — Chimère en vieux rouge de Chine.

134 — Trois bouteilles moresques.

135 — Beau fauteuil couvert en satin brodé.

136 — Fauteuil en bois sculpté Louis XIV.

137 — Seau en bronze.

138 — Glace avec cadre en cuivre.

139 — Boîte Louis XIII en cuir de Cordoue.

140 — Aumônière en velours et acier.

141 — Boîte oblongue en argent.

142 — Dix-huit boutons montés en argent.

143 — Saint-Esprit en argent.

144 — Bracelet en argent.

145 — Bracelet oriental.

146 — Collier en argent Louis XIII.

147 — Deux boucles en argent.

148 — Boîte avec miniature, sujet en grisaille,
monture or.

149 — Boîte en argent niellé.

150 — Douze cuillers en argent doré.

151 — Étui Louis XVI en cuivre doré.

152 — Hochet à grelots en argent hollandais.

153 — Reliquaire en argent repoussé.

154 — Hochet en argent doré.

155 — BRACONY. — *Câline*. Buste en marbre.

156 — Belle statue de marbre blanc : *le Bon Pasteur*.

Haut., 1 m. 70 cent.

157 — Statue de marbre blanc : *Tèbe*.

Haut. 60 cent.

158 — Deux colonnes en marbre serpentin.

159 — Deux statuettes en bronze : *Enfants guerriers*.

160 — Plateau en faïence, décoré de fleurs en relief.

161 — Vide-poche ; décor à fleurs en relief.

162 — Coquille ; décor marbré.

163 — Joli vase, forme chiffon ; décor en relief, à fleurs.

164 — Paire de vases décorés de chimères en rouge et or, fond à écailles de poissons.

165 — Boîte forme bûche, avec oiseau.

166 — Jardinière fond marbré, avec fleurs en reliefs.

167 — Deux petits vases, à fleurs en relief.

168 — Modèle en bois découpé du temple protestant de Mulhouse, rigoureusement conforme au monument.

    Haut., 1 m. 90 cent.; larg. en façade, 75 cent.; en profondeur, 1 m. 20 cent.

169 — Paire de pendeloques anciennes en roses.

170 — Broche ancienne en roses.

171 — Collier Renaissance ; argent doré, émeraudes, rubis, perles.

172 — Montre forme poire, or émaillé.

173 — Broche lyre, or émaillé.

174 — Collier ancien, or, émeraudes, saphirs, perles.

175 — Reliquaire Renaissance (Fuite d'Égypte), argent émaillé.

176 — Paire de pendeloques anciennes, or et roses.

177 — Paire de pendeloques, or filigrané.

178 — Collier ancien, rubis, saphir.

179 — Cadre Renaissance, argent émaillé et perles.

180 — Montre or émaillé, ancienne.

181 — Paire de boucles d'oreilles anciennes, or et roses.

182 — Croix ancienne, cinq brillants.

183 — Croix ancienne, jargons.

184 — Pendentif Renaissance (Saint Georges), diamants et perles.

185 — Cadre, argent filigrané et émeraudes.

186 — Cachet or, ancien.

187 — Pendentif or, ancien.

188 — Paire de pendeloques, argent émaillé, enrichi de perles.

189 — Plaque ancienne en émail, monture or.

190 — Cœur, or et roses.

191 — Bague or, forme cœur, avec turquoise ancienne.

192 — Bague ancienne, avec opales.

193 — Bague or ancienne en brillants.

194 — Bague or, un grenat, entourage brillants.

195 — Pendant, feuillage, roses et rubis.

196 — Bracelet or, une opale et roses.

197 — Collier or, médaillon, deux brillants.

198 — Oiseau en roses.

199 — Épingle avec perles fines.

200 — Émail ancien.

201 — Boîte à mouches en argent et écaille.

202 — Émail représentant un sujet de sainteté.

203 — Porte-cure-dents ancien, en argent.

204 — Objets divers de vitrine.

TABLEAUX

WEENIX

205 — *Le Retour du marché.*

Très beau paysage montagneux arrosé par un
cours d'eau. On voit une paysanne sur son âne
revenant de la ville, descendant une colline. Plus
loin, tout un cortège de chasseurs forçant un
cerf. Au premier plan des boucs, des chèvres, des
coqs, des poules et un chien.

Œuvre importante signée à gauche.

Haut., 0.85 cent.; larg., 1 mètre.

SVOBODA
(ALEXANDRE)

206 — *Une Rue de Scutari près Constantinople.*

SVOBODA
(SKENDER)

207 — *Le Mont Cervin.*

ÉCOLE FRANÇAISE

208 — *Portrait de femme.*

ÉCOLE FRANÇAISE

209 — *Portrait de grande dame (XVIIIe siècle).*

ÉCOLE ANCIENNE

210 — *Fleurs.*

JOHAN

211 — Peinture sur bois. Cadre ancien.

ÉCOLE FLAMANDE

212 — *L'Adoration des rois mages.*

ÉCOLE RUSSE

2 1 3 — *Sainte Famille*, sur argent.

CHAIGNEAU

2 1 4 — *Paysage.*

ÉCOLE ANCIENNE

2 1 5 — *Sainte Famille*, sur cuivre.

ÉCOLE ANCIENNE

2 1 6 — *Sainte Famille*, sur bois.

ÉCOLE MODERNE

2 1 7 — *Scène militaire.*

2 1 8 — Tableaux omis.